名流詩叢12

靈骨塔及其他

李魁賢◎著

凌亂
噩夢覺醒
於黃昏
八角塔成
弧形的　憂鬱

自　序

1953 年以前，我在淡水讀小學和初中，過著寧靜的鄉村生活；1953 年以後，我到台北念書，投入繁華的都市，在課業壓力下，度過緊張到幾乎喘不過氣的歲月。1953 年這一年劃分了我生活上兩種截然不同的形態和心情，也創造了兩種不同的生活態度和反應，關鍵在這一年我誤打誤闖在《野風》文藝雜誌發表詩，從此「過著我一生幸福快樂的（詩生活）日子」。

回首來時路，1953 年已經過去將近一甲子，當時年少走著抒情浪漫主義的調子，不旋踵也被鬼魅現代主義感染了，因為自己缺乏那種流行性感冒免疫力，也患上盲目的風疹。1963 年出版第一本詩集時，不但創造了一個最鬼魅的《靈骨塔及其他》書名，還把清純的抒情詩都排除未收，這一耽擱就過了近半世紀，連 2001 年文建會為我出版六冊本《李魁賢詩集》時，都未及蒐羅進去。

此次有機會整理全部資料檔案，把最早期的詩編入《輪盤》詩集，另將《靈骨塔及其他》增訂擴編，莽撞前後的少作也一併容納，保存當時比較完全的原貌，如此一來，從初版的三十五首，竟增加到 九十六首之多，可見原先被捨棄了很多。年少往前看，不滿意者多，年老懷舊，事事彌足回味，處理態度便大有差別。

在自己成長過程中，不太喜歡提起《靈骨塔及其他》這個集子，甚至連書名都很少觸及，但重回時光隧道檢視自己的水影，當時的心境卻又點點滴滴浮現。跟偷閒寫作中的回憶錄《人生拼圖》一樣，詩的每一碎片也是拼圖中的一個補綴，缺之不傷大局，但總是留下麻點般的漏洞。而對有興趣窺視寫作者比較完整成長歷程記錄的人，說不定還看做是被遺棄的古董出土呢！

2010.03.24

目次

啊！徘徊！徘徊！

啊　莫在此徘徊　莫在此徘徊

白楊啜泣了　幽幽　在溪邊
白葦叢裡　風和夜的精靈悄悄私語
茵夢湖中的影子揉碎了
　　碎成片片　夢也碎成片片
白蓮花　被移植了
高高　在星座上

啊　莫在此徘徊　莫在此徘徊

日內瓦湖上　水波不興
而雪萊　在哪裡　拜倫　在哪裡

那扁舟依舊在湖心迴旋　迴旋
斯培西阿海灣的太陽沉落了
希臘剩下一坏土
而汨羅江的水渦迴旋　迴旋

啊　莫在此徘徊　莫在此徘徊

夢想摘星的詩人哪
桂冠不是你的　夕陽不是你的
邱比特的金箭也不是你的
哎哎　夜的精靈
猫的腳步　如霧

哎哎　大地

徘徊　徘徊

1956.02.13

別　贈

鼓鼓的　鼓鼓的

我帶著風　帶著雨

帶著繡上春天的小詩囊來了

我來自鄉間

杜鵑已燒紅了原野

綠草已餵飽了山崗

西窗下的梅花含苞未吐

而金箭已斷

維納斯的夢已偕二月的風遠颺

1956.02.15

夜　吟

愁來　夢也無緒

任憑一階桃花飄泊

更那堪　夜深聞杜宇

一聲聲催他春歸去

1956.02.17

菊　花

黑色的崎嶇山道　我走著

去探視一位生病的友人回來

而妳憔悴了　瘦了　我嘆息

鵝黃的衣裳任風飄著

東籬上　掛著明月

妳淡淡的身影　投在大地的溫床上

我躺下了　偎著妳的身旁

我撫摸妳　吻妳乾裂的唇

用我的愛灌注入妳的心

復繞妳

以我的思念　我的情愫

但我始終無法描述妳

妳的多姿　妳的飄逸

以及妳超凡的意念

1956.02.22

斗　室

煙霧氤氳的斗室　如一座
黑色的海上　漂浮的島
而我靠著夢的枕　　那是透明的
安然地臥著

壁上挑著詩囊的青劍
曾教我記憶起古戰場的殘堡
和邊塞的風砂

到現在　鄉愁是更深更深的了
而斗室裡的我　如一尾魚

泅泳著

也學著吐泡泡

1956.02.26

雨　絲

像噴泉的髮絲之披蓋於青青的草地
一串的思念皆已成形了

仰望倒懸在屋簷的雨滴
想起妳揮著白手帕和我道別時
掛在眼眸下的淚珠

如今　牡丹盛開　是相逢的季節哪
我獨自憑倚在窗口
眺望滿山滿谷斜織的銀絲
迷濛濛如我心

1956.03.11

柳

妳的髮絲像瀑布倒懸著
晨妝初過了　始輕移蓮步
可為啥仍不抬起妳的臉

行腳孤客的嘆息是深沉的
別來才三月　我的激情鼓動著
熱哄哄　如島上八月的太陽
而現在我多需要清靜地躺在妳身側

楓葉落了　讓髮絲拂我
纖指撫我　復吻我
然後一江春水　悠悠地歌唱出
我們倆心境的柔和

可為啥仍不抬起妳的臉

我知道了　十八歲的姑娘最嬌羞

也許妳正想起江南早春的戀曲

妳瑩瑩的星眸啊　隱隱　約約

有如森林中野店的光

1956.03.20

寒　月

半夜裡　聽到她的呼喚

　　來自瀟瀟的竹林　說

楓葉落了　啊

　　楓葉落了

推開窗

　　　　紫紋

　　　　紅斑

而滿盈的寒月被蓮花托著

供在遼闊的池塘上

想想吧

那該是一段如青絲般

遙遠的　縷縷的往事了

1956.05.22

頌　歌

啊　凝聚夢的露　霧的羽片
投視　竹蘭的素馨　盞菊的瑰麗
於妳如水的星眸　波浪的散髮
於妳的笑渦　啊　妳的美名
輕輕滑過　如小提琴上滑過的弓

翠林蓋過山巒　白濤洶湧
啊　回憶在激盪
妳的身影　妳的形象
妳靜靜臥在水浪上之姿
海鷗飛翔　雲朵也飛翔

小徑幽幽　妳正走過

踩出聲響　於是　小宇宙形成了

我悄悄進入　戀的旋律

如夜曲　輕輕飛揚

　　如夢般飛揚

夜夜　小星星都來了　要諦聽

那歌　由愛的古堡飄起

1956.05.27

老水手

珍奇的故事已收藏太久了
觸撫那遙遠的思念
貝殼裡的海韻猶未歇

啊　想起十二月
風鈴從旗上飄過了
那些日子
巨岩上　散髮的美麗女郎
在盼望如雲般的小帆
而風雨敲叮起她的耳環
海港也夢寐了

如今　我想流浪

1956.05.31

夜　思

六月的夜　碧空如洗

有角笛從遠方飄起

微風如酒

啊　那詩織的星圖

可曾雙眼矇矓

1956.06.18

仲夏夜

妳髮帶上的蝴蝶想飛了

那時　剛剛是七月

七月的仲夏夜

銀河系的星球要偷渡

1956.07

八月的農村

幸福的泉　源源流著
八月裡的農村
像嬰孩睡著　夢見了蘋果

夢的雲似紫色的花
開在農夫們的眉尖上

1956.08

秋的小幅

秋天　像一串

成熟的紫葡萄

掛上了樹梢

而秋風

如煙　淡淡地

稀疏的陽光

斜斜地穿過林間

美麗的蝶翼有些殘缺了

池塘上的蜻蜓飛得更低

只輕輕掠過水面

1956.09.15

狂　飲

沿六百里的長堤

古城的灰塵已再揚起
　如秋風　如煙　飄去
　　飄向密林
牽牛花　慵倦地想睡了
　睡在城下　怯怯地
　　怯怯織成淡淡的記憶

在此地　匍伏而來的
常春藤佈滿新牆
　　曾被鐵蹄踩過的石子
　　構成發亮的故事

牆上的新芽試著伸足

　伸向遠方　伸向無窮

　　那原來培植的土壤

　　有番薯的覆蔭

而從葉隙向下望去

乃望見如鼠般之嗜酒

　　　　　　　　　狂飲　狂飲

詩的狂飲　愛之十字架的狂飲

以及自由的狂飲

1956.09.16

牧童的懷念
——題何恭上木刻

那是往事　用雲的小舟載來的

茅屋像是一座城堡
從古代遺留於此　寄情於此
花開了　葉茂了
椰樹弄散髮絲　芭蕉展放羅裙
而只有那池旁的小碑
在夢中悄悄立著

這是往事　當秋風起時
啊　似夢　似繫住風箏的尾繩
似笳聲跌落幽谷裡

1956.10.12

想起那些日子

想起那些日子
水在橋下靜靜流著

月從遠山出來
照見我們的影子
便有一些清香　淡淡地

妳說過　當月落時
要把滿山林的碎銀都拾起
而把星星的金幣塞在我的袋子裡

1956.11.28

牧　者

我夢見麥尼勞斯　那人民的牧者
他帶給我柳鞭與竹笛

而我將歸向帕爾納斯　在那邊
脫殼　洗一次澡

1956.12.05

我是一隻蝸牛

瑟縮於冷漠的冬日菜畦上

我是一隻未被人夢過的蝸牛

1956.12.06

自　敘

已經是將近二十年
風雨日子的探索了

馱著重壓負載的殼子
徐行於不揚微塵的詩島上
我的鬚角伸向美底寂寞
孤獨的影子學壁虎自語

1956.12.06

向霧中

果真　我是走向霧中的嗎

當黃昏的星星隱去時
台北橋上的夜　更覺深沉了
而是否　妳亦將從我的心中隱去

徘徊在橋端　我在思索
這霧的黏度　相思的密度
以及澀澀的紅茶葉

噢噢　霧濃起來了

1956.12.17

絮　語

月快要滿了
我們把台築高起來吧

此後　我們便可在此守望
看那些成熟的故事紫得像葡萄

有一個故事　流行得很早
說是夜行人的孤燈把愛的火種
遺落在山道上
雲雀的歌聲輕輕飄下幽谷

而當我們選擇的一顆星星最亮時
我便輕挽著妳　由雲端走過

那時候　我想

星星都愛上了妳

自動點綴在妳的衣裙上

1956.12.28

美的結束

傳說的故事應該有個美的結束吧

想起大屯山的裸體被雪覆蓋時
觀音山的霧更是氤氳的了

而霧起時　乳色的迷濛流動著
就令故事在中途停留吧
讓我把扉頁的黑桃悄悄帶走

1956.12.28

冰　點

寒冷的日子來得很早

乃致水銀柱下降的疾速

引起了情人們眼眸的不安

而當降到冰點時　也許

一切都要凍結的吧

連憂鬱的太陽也鬧著很兇的貧血症

1957.01.06

夜　行

霧氤氳　夢氤氳　思念也氤氳

氤氳如此夜之流動
如天星的挑眼
街上紅燈的訊號

而絮絮　絮絮的是
風的耳語

1957.01.10

缺陷的美

美的極致嗎　我曰：否

說是維納斯的夢
溫馨如春三月的陽光
海倫的綠眼睛
盈滿新釀的醇酒
而我的否定是有根據的

因此
當草徑上的露更濃時
我便想念著

遠遠的地方的一個村姑

她有某些缺陷的美為我所喜

啊啊　她不是我的未婚妻

1957.01.10

十二月

沉鬱如宣佈絞刑的十二月

我不問風吹自何處

我不問風吹自何處

十二月將去

難於捕捉的還是老人的水菸斗

甚於一縷幻想　一絲懷念

但短笛是記得的

數星星的幽情已夠淡了

1957.01.14

告別小精靈

再會　我的小精靈　再會

我的影子　我的過去　都再會吧

拒絕太陽造訪的處所　黑手套的夢

連同泊靠過一些時期的淺灘　以及一切

一切也許被我愛過　也許我恨過的

都再會吧　啊啊

　再會

　　　再會

以光的速度離去

離去　不留下嘆息　不留下惶恐

小精靈啊

我原不屬於妳　也不屬於我自己

我在另一個世界　混沌的　遼遠的

那邊是不可思議的島

像電子介子般地不可思議

那是紅黃橙紫靛綠藍的混合

　　我是屬於那裡的　故必將歸去

歸去：從脊梁上搭起帆

遼闊的海是那無重量感覺的整體

我將航向銀河系

碇泊於第二十號碼頭

我的影子　我的過去　以及一切

也許我曾愛過的　恨過的

都再會吧　啊啊　小精靈

　再會

　　　再會

1957.01.28

聲　音

從遼夐　啊　來自何處的

啊　經過漫漫暗夜

來自何處的　像天使的叮嚀

像慈母滿是皺紋的手　溫暖地

貼在我的胸前

1957.01.28

消　息

歌著的我

叩響七十二個金屬的門環

向春天要消息

向遠方的朋友要消息

1957.01.31

軍刀機的一群

軍刀機的一群
以較快於聲速的手法展開來
極其實感的　屬於人類心靈的最高傑作
非未來派　達達派　所能表現的
乃以超藝綜合體的拍攝
移上二月青空的巨形大銀幕

而二月的青空　灌過大量無形的乾冰
正四散開來　化成飄逸的雲朵
又像是開花的降落傘
降下在春天的絨毯

軍刀機的一群

強勁向上騰升　復急遽俯衝

天然彩色的調配

由機尾寫出的說明字幕

以符號　太陽系的曲率

以及粗糙的弧度臨摹

屬於造形的立體派的畫

而那有聲與無聲的混合金屬器材的配音

則顯示強烈的印象派的有色音樂

啊啊　二月的青空

正在成長　且是無止息的

1957.02.07

幻　思

夜梟的長嘯　夜　無邊的瀰漫

又極度的不安　像初妊的孕婦

有一封信被夾著　厚厚的黑皮的書

且久久未曾打開來　亦未撫拭

啊　且昏迷得多美

遙遠處　擱淺在潮退的砂岩上

一葉無桅的小船

載有無數薔薇的郵件

砂的語言　貝殼的音符

當春天到來的時候　正向那國度啟航

　　那國度未知名的

　　或許有內河的碼頭

　　或許有一位美麗的公主
　　有著美麗的名字
船舷有奇特的標誌　如英雄與勇士
或者歷經過風險　我猜
但不可思議的　竟在此擱淺

竟然在此擱淺的　無桅的船
兀自深深地　自甘於寂寞
啊啊　夜　正無邊的瀰漫
像一位初妊的孕婦　極度的不安

1957.023.09

雪

雪飄著　像綿　像絮　雪飄著

二月　島上稀罕的風景

渲染得連沉靜的女孩子也心動了

1957.02.21

荒野上

北斗星瘖啞地喘息著

荒野上
孤魂們嗚咽著
每張冰冷的唇貼向
昏暈蒼白的下弦月

螢蟲剛由古墳堆裡鑽出
淒淒的葉落著
酒徒們嘩笑著
還有聲聲敲著墓門的
狼的長嗥

1957.03.04

春晨之牧
——題何恭上木刻

牧鞭策響了晨之默默
新婚的三月
晴朗拓展得好廣

不再記憶夜裡埋下的夢了
讓活力的步伐
邁向嫩綠的草原

剛好　有一隻鳥
銜一片長長的春的曲調飛過
乃有清越的聲音傳送果園的花香

啊　倘若那是來自牧神的

小草該已甦醒

1957.03.09

三月的歌聲

像奔馬的騰躍　像雷霆的疾速
看　我們的旗幟臨風招展
看　我們佩劍勒馬的雄姿

高唱三月燦爛的萬里晴空
銀翼的機群迎向健步的朝陽
高唱太平洋萬頃的波濤
　　海鷗翱翔迴繞著桅檣
高唱啊　一片無垠的新綠草原
茁長著思鄉的森林的隊伍

啊啊

吹動燃燒的號角吧

看我們揮鞭

擂擊吶喊的鼓鼙

聽我們長嘯

震響沉默雄峙的山谷

啊啊　我們是一支鐵的長城

滿載著曠野的歌聲

1957.03.24

四月夜

1

夜搖晃

風吹來松林的小鈴鐺

遠方的海上七顆星在喘息

也許是失樂園的七條長廊吧

我深深地困倦了

依著石柱

讓夜　像凡娜的眼簾

垂落下來

2

長廊寂寂

我嗅著一朵枯薔薇

守候壁虎的郵遞

而南方迄無消息

長廊寂寂

誰來叩響星河的銅環

啊　這夜

如凡娜的心

司芬克斯的謎

1957.04.13

夏 夜

是誰在湖上吹奏悠揚的短笛
引來夜鶯朗誦抒情的詩篇
啊　原來有人繫舟採蓮
要把潔白的花移植於心裡

夏月的疏影映照湖上
蓮花如水般的輕盈
啊　夜鶯快快收斂起歌聲吧
讓一切靜謐　只有短笛與蓮花微語

1957.06.06

老　牛

莽撞而來

我與你在此對立

你陰鬱的眼望著我

你在回憶嗎

想十二年前我們的小事

現在　太陽下山了

你該回去　別望著我

看你邁出的腳步

堅強而有力

1957.07.13

亡　靈

黑夜裡　我的影子在顫抖

我聽見飄浮的　幽怨的聲音

啊　原來是我的亡靈在哭泣

昏弱的燭光　照射在裸體的塑像

我的影子在顫抖

暗夜裡　我看見自己的亡靈在哭泣

1957.07.25

影子．死

很多倒下的墓碑

很多青苔

我依著斷柱

黑色的影子在飛舞

啊　死也在飛舞

殿壇的懸月攀昇著

像幽靈般的

影子攀昇著

啊　死也攀昇著

1957.07.25

孤　獨

靜夜的長巷　失落了

三月的歌

和微笑

依然是空默

小石子們在私語著

要摘去我飛躍的寂寞嗎

其實　連寂寞的記憶也失落了

靈性的我

孤獨地　走出無人的長巷

1957.08.29

來自海上

來自海上

攜載諸多夕陽的美麗的故事

珊瑚的幻想的

水手的夢是多麼遙遠啊

1957.08.29

記憶・散步的魚

九月的初戀跌落了

林間　垂纍著秋之果實
多雲的成熟的季節
跌落在一個黃昏的祈禱裡
而記憶　飄逝著

唔　當記憶飄逝的時候
我沿著夕陽的棧道
作一次純粹靈性的散步

1957.09.01

秋　日

飲太陽的酒　跨彩虹的迴欄
豎以仙人掌多姿的旗

戀人們的歌聲和微笑
維納斯多曲線的夢

吁　說是秋將賦歸了

向善忘的八月黃昏
要一支藍色旋律的曲子
流向遠方
也要一支流向明日

1957.09.03

九月的脈管

吻秋之裸足

夕陽掛來楓葉的電報

九月飢渴的脈管

把綠注入些

把思念也注入些

1957.09.05

微　語

秋來時

我便沉醉在秋天澄澈的眸子裡了

把淡雲召進來

晚紅也進來

宇宙能容納下日月山川

卻無法繫住我一絲的思念呢

應該是

讓生命在時間中凝定

小於一粒微塵

更恆於一座塑像

1957.09.06

醉　後

一些貝殼雕飾的回憶

一些被遺棄的夕暉的委曲

一些血液湧入脈管的交感

如此深深　深深地　注入我心

1957.09.11

詩・碑

倘若歌聲遺落　林鳥何處投宿

倘若夢遺落　秋天還來不來

啊啊　倘若我的生命遺落了

「詩是豎起的碑」[註]

1957.09.11

[註] 詩人李莎的詩句

冷冷的夜

冷冷的是殘圮的城堡

　　以及失神的彎月

冷冷的是患著夢遊病的森林

　　以及一些尚未遺忘的往事

　　啊啊　憂鬱的女詩人哪

　　冷冷的是妳髮上的露濃啦

1957.09.11

病的熱帶魚

蒼白的

錯誤地落入我後庭的池塘

　　　　一尾病了的

　　　　　　　　　熱帶魚

二月間

被氫彈的暴風旋來的

　　熱帶魚

想起善於期待的

　南方的海藻群了嗎

而你偏偏擠也擠不出一滴淚

1957.09.28

星期五

而我只是疲倦地踱著

只是煩悶的循環
佔有冷冷的分割的時間

只是喧囂的噪音
　　　　電氣時代的苦惱
只是無由自主的悲哀

而　熱
呢喃地醒在九月末

熱

佔據著乘涼的窗口

而我只能疲倦地踱著

1957.10.04

春

昆蟲的樂手們

緩緩地

自蛇形喇叭管

擠出了春

1958.01.13

感　觸

深重的蔭影徐徐移過

孤立的木板屋
以一種感觸
一種回憶
描繪著
夜空的座標圖

1958.01.15

星·月

遠方的渦狀星雲們

悵悵地懷念

在叢林散佈著流言的風的哨子

而經期中的月

以一種慵懶的少女的姿態

無力地依靠著窗口

1958.01.15

往　事

有些往事

屬於檸檬黃的謎底

　　　　有人愛細細展讀

1958.01.15

海上夜語

夜急急地跟蹤著　艦長
太平洋上的懸月　照著你的彳亍
你飲著腥腥的北來的季候風

星星們被推落入你金邊的袖
你盈盈地擁著明日的花朵
擁著海洋的戶籍　擁著幻想的鎖

水紅的珊瑚　橘黃的貝殼
以及銀藍的海燕　夜夜夢著你呢
而你卻夢著獨腳亞哈布的故事
　　莫比・笛克的幽魂

1958.01.25

花蓮短章

・太魯谷

聽山沉默

我與我相遇

且寒暄著

・斷崖

時間駐留

送走氣喘病的世紀

・花蓮

觸覺跳動的脈心

語言　可悲的啊！

・花崗山

或人的鏡台

詩的飛躍　以及飛躍

夢的連綿　以及連綿

1958.02.04

悼念逝去的

只剩下某些悼念

什麼也沒有　只剩下某些惆悵

依稀的悲歌落著

無數追逐　無數顫慄　無數痙攣

啼鳴的風呵

無數熟識的人們與熟識的故事

無知的歷史呵

啊　陌生的二月來不

而陌生的二月來不

二月呵　悼念逝去的

甚且城垛沉思著

甚且偶爾旅行過的雲沉思著

1958.02.14

化妝舞會之一景

如此蒼白　而又

如此困倦的

　　　　　荷爾蒙廣告圖案

也有些單純的心——與——心之間

擁擠著

　且呢喃地討論著

　　　　　關於孱弱的探險家種種

　　　　　關於營養不良種種

1958.02.18

印象之一

七項火焰往事的迍邅

類似七重天的輪迴

季節　說是

一粒粒微妙的染色體構成

1958.02.21

晨　間

海燕成熟的翅膀滑落的水珠

在晨間醒來

便手拉手跳起圓舞曲

1958.02.28

勝利者

有很多含淚欲雨的星子
在每一個冷冽的夜

1

一切都已靜止
一切歡笑的餘音與眼淚的痕跡
一切苦痛　罪惡　暴戾
　　使人與文明聯想的災難
啊　一切復歸靜息　復歸安寧
　　　　復歸莊嚴與神聖

2

純實的靈魂們　醒來

他們看到了那些投射的祥光　醒來

他們赤裸裸的軀體不沾染些微的放射線

他們互相擁抱著痛哭

　　互相原諒自己以及所有夥伴

　　以及所有悲哀的心

現在已無所需求　啊　一切靜息

只有微笑　只有歌聲　只有愛

　只有性靈　只有自然

3

呵　勝利者

吸血的刀　閃耀著紅焰的光

他們嘲笑那些塑性的符號

　　　　那些很有幽默感的屍體

而他們竟狂嘯著

淒厲的聲音劃過長長的無人地帶

他們高呼著

　　　　萬歲　硫磺島

　　　　啊　硫磺島　萬歲

4

硫磺島——腥風的屠宰場　創痕纍纍

沒有道路　沒有森林　沒有教堂

只是一片赤地　只是一片青空

只是倒下的荊棘唱著寂寞的歌

只是惶恐的雲　焦急地

投下很多

很多惶恐的影子

5

勝利者　佈滿血絲的眼
迷惘地凝望蒼穹
凝望安息者的諸相
凝望幻象　凝望徐徐攀昇的亡靈

他們困倦著：
　　　　疲乏而又下垂的心
　　　　而又受到高頻率振盪的心
幽幽啜泣著
幽幽地　他們想起芝草
以及煙囪　以及女子　以及噴泉
以及留下很多足跡的井湄

6

勝利者蹲踞著

頭埋在兩臂包圍的城內

黑暗侵擾著他們每一條的脈管

每一條抽搐的神經

而他們空虛的心涸竭得要死

而他們的腦殼變成了一座座的鐵工場

好像有幾百萬匹的馬達

7

而夜　正悄悄掩蓋著他們

所有悲哀　他們　所有輕輕的顫動

所有看不清楚物象的眼睛

1958.03

戰　旗

碎裂的戰旗　飄揚著

「戰爭是仁慈的！」

詩人的反諷

旗　只是默默

以鮮血記載著戰績

敘述未來的歷史

而對著冥冥

對著無語的時間之流

甚且騰躍的喝采

甚且惆悵

旗　只是默默

1958.03.03

癡　語

哎

春天的風信子們呀

愛穿銀藍的那女子

正躡足悄悄走過三色堇旁邊

斜戴著淺帽　想著什麼呀

小鳥們在枝頭喁喁什麼呀

黃昏的鈴聲都響了

1958.03.08

日落以後

很多昏濛的影子
那些追逐著悲哀的黃沙
遂陷入半饑餓狀態

等著酗酒的日落以後
他們便忘卻了很多事
而且　唔　而且輕飄飄起來
像一片片蒲公英

而遠方哭泣的雲
急急地趕著
參加一位詩人的葬禮

1958.03.09

罎

穿過長廊

他們不再記憶起什麼了

把玫瑰花用酒罎浸著

不再留戀的落葉蕭蕭而下了

煩惱的星子不再和憂鬱的藍眼睛談愛情了

而只有一片破碎的風

獨自在牆腳　咀嚼著幻想

1958.03.16

白色等等

長上翅膀的

　　　　　　　祼體的白色

掠過一片視覺茫茫的

　　　　　　　　　　　一片白色

那些塑性的符號　如一處子的鳥的

　　　　　　　　　　　如一啜泣的瓶的

燈塔的影子也會創造白色

徘徊探視憔悴多哀愁的拱門

我們會發現什麼

　　羅雪亞的歌聲

　　　幽靜的笑

而五月的太陽　跨過幽冥的隔閡

氣喘的白色

　　是詩人高度的熱病

1958.03.22

遺 書

寒夜下沉

　　有許多星子

　　　　　　含淚欲語的

用唇

引誘我們

引誘我們　星子們

以多餘的髮香

以熱帶魚南方的囈語

以蓋住一個春天的銀藍的毯

終於

　　只是一口瓶

　　裝滿了淚水的

　我們漸漸在昇高

漸漸昇高

1958.03.29

早晨的黃色街車

無神論的眼對住眼

晨六點鐘　黃色的街車

喃喃詛咒

　　這個世界要是波狀體

　　這個世界要是波狀體

1958.04.11

五月·寂寞的唇

榴花今年不開了

黄昏　獨自走過拱形的石橋
走過池塘　走過無人倚靠的喬木
而玫瑰花們　早早就凋謝了
等不到漂流的弦月船
等不到使愛人心跳的歌
午夜交叉的眼　以及
零時的唇

季節是過去了

五月裡

只有修女們淺淺的白色

只有那些無眠的細碎的禱詞

輕輕地流著

只有倚在石橋上爭論的

　長長的音符們

　　和幽靈

五月寂寞的唇

夜夜尋找七顆星的方位

　　尋找憂鬱的藍眼睛

不該長年漂泊的

弦月船哪

五月怕寂寞

唇怕寂寞

五月將會傷心地過去

那時　愛人們是對了

他們要在黃昏時

攜手走過拱形的石橋

走過池塘

聽顫抖的歌

O, bocca, bocca bella......

1958.06.05

口　哨

軟骨病經過一次長期的掙扎以後，便飄飄
蕩蕩地加入了一組雄壯的太空之旅的行列

正當滑過嘴唇
　　　　　薄薄的滿是紅櫻汁的
　　　　　情人們美麗的唇
剛好與一陣怯怯的
情話
相衝擊
而猛然被軟管
　　輕輕地扼住的軟管
吸了進去

終於

在一個所謂「心」的地方

稍稍停頓著

1958.06.24

出　發

我們出發　當長夜結束

　　　　　夢已盈滿

我們出發

　　　　在一個澄澄的夏天

在澄澄的夏天　夜的鍵盤上

星子們虛幻的故事

　　用深沉的憂鬱　塗著

　　圖案　不規則的

　　圖案

澄澄的夏天　彎路上

幽靈們用草管

吸吮眼淚

準備過一個冬天　還有

一個冬天

還有一個長長的

　　　　　　　冰雪安眠期

而我們不

在一個澄澄的夏天

　　　（當長夜結束

　　　　夢已盈滿）

唱雄壯的歌

我們出發　以未知的 X 周波

向各地發訊

向遠方波動著的神祕的七個海

向不安的獵戶星座

向泊靠過一些時期的銀河

向太陽系的處女地

1958.06.27

季候風　之一

對住那些影子
死亡的唇　使它們
涼涼地感到不安　使它們
　　搖擺起來
　　使它們幻滅

輕佻地
覆過昏昏的重疊
某一據點　不知的經緯度之間

覆過地球多面的蔭影
總是曇
總是眼淚

1958.07.11

季候風　之二

如是熱浪掩蓋我

以曲折的喘息　溢出

　溢出困惑

啊　某一風向的

有些幻影　起舞著

像囈語

　　　軟軟地

又是死亡的唇

又是影子　以及

影子

唉　如是熱浪掩蓋我

1958.07.30

含羞草

以清醇的冷冽觸及我

觸及妳隨意肌構成的葉臂

那麼羞態的閉合

那麼垂垂地

且不時用橄欖色的眼神瞟著

瞟著欲雨的

秋空

1958.09.12

珊　瑚

這麼小小的

一株樹　朱釉那麼凝神的

其骨架　其枝杈

竟是石灰質累積的層疊

這麼小小的一株樹

使我們喜歡迷惘地推想

那無秩序的美

　　千古來不能解決的

　　神祕的默立

若不說它是珊瑚
也許會聞到一些
　　薄荷的餘香吧

而這只是石灰質的後裔
秋日　沉澱的語言
構成其骨架

1958.09.25

雲之斷想

錯過雨季
繞不出綠的邊緣

錯過烽火
（黃昏的白樺林啊）

錯過年集
單騎追逐塞外家鄉
　　　　　　遲遲的冷月

1958.10.01

夜　譚

關於馬靴
與菸斗
　　　神話匍匐著

關於燈心草
關於螞蟻喜歡攀爬的
　　　　　　　　　鬚根

　（雷雨陣陣過後）

倘若夜　伸入了交叉的心
在羊齒植物的覆蔭下
跫音消失

雷雨

陣緩陣急

1958.10.06

幻之踊

蹀躞著
黑球的水晶體

散步在圓弧的邊緣上
用酒色的冷冽
凝視
　　　　昏沉的靜物

　　　　環形的柱廊
　　　　一行列的季節
　　　　跳著四組舞

凝視

垂死的眼皮

大膽的綠　無線條的一具形象

映出海藻的長髮

黑球的水晶體

蹀躞著

1958.10.12

哭泣・那男子

哭泣在下午

季節性的憂鬱　那旅人

哭泣在

　　　大梧桐樹下

什麼是枯葉的意義

尋找一片豐腴的覆蔭

　　一片時間

　　瞑目的一片纖手

秋末靜立

廿世紀

哭泣的季節性下午

　　　　凝聚

而又

　　瀰漫

1958.10.14

靈骨塔

風　軟軟的手　觸撫
原始　觸撫
　　原始渾沌的
　凌亂

凌亂
　　　　噩夢覺醒
於黃昏
　　八角塔成
　　　　弧形的　憂鬱
憂鬱
　　如季節的

門

如原始

1958.10.22

默　想

岩石的緘默

一朵構思的雲

一疋夜

　　　夜是完美　夜是起始

一條從柵窗伸出的路

　　　路是臂

　　　　　是我的思想

1958.10.22

白堊紀的化石

風采的火曜日
化石的Ｏ型標本　堆積成死亡的
眼球　沒有血液的
企鵝的夢

毫無意味的困惑
　　黑夜移近　悲哀的化石啊
Ｏ型的我
在火曜日震顫著
涼涼地躺著

　　在明日的道旁
　　在玫瑰花叢旁

心臟向上

　　　　呼吸著青空

我是囚犯

在最後的審判日

　　我是白堊紀的化石

　　　　　　　O 型的一枚

標本

1958.11.15

黃昏時

八角塔

蒼茫又微暈

繞過廊柱

　　　（純本土的雕刻）

只是鐘已嗒然

幽靈咬住吸淚管

　　只是夜已垂臨

　　只是琴聲已揚起

　　　　　　不再喜歡回憶

只是一些蒲公英　那麼濃烈的秋天

那麼疲乏地　躺著

在窗檽上的一小小剝蝕

　　針葉木的影子

　　在此

　　　　消失　久久消失

黃昏時

有人敲起神的破壺

1959.01.27

令人甜美的其他等等

投身於此靜謐
於秋風　於海濤
於夢中企求的真實

呼吸青空　只是流質的
雲如鏡　能夠映出模糊的影子
舒展我的四肢
像這些樹　用根探入地心
探遠方的聲響　探消息

自然多麼狹窄啊
山與山　與曲徑　與迴廊
俯身便可望見

泛舟的

情侶

驚詫於一朵玫瑰的綻放

如妳的眉

妳的輕顰淺笑

令人安慰　令人甜美

1959.03.01

在美侖山前

把季節

把淡薄的季節

連接虛無

與虛無之間

成一座山　包圍住花蓮

用浸過酒的花朵

拋向海　蠢蠢欲動的

呼嘯的海

安靜的午後

我像顆結實的果　在此睡眠

1959.04.23

在馬祖海濱遙望

1. 暮色

迴響漸次昏弱

暮色拓廣　一圈圈的波浪

迴響於山原之極陲

逐次蒼茫　一張張雕刻深痕的

面孔　下垂如暮色

不時激起又漸次昏弱的

迴響　相推擠的波浪

而又掀開無由的寂寞

在懷念中形成

這樣美好的唇狀

2. 激盪的音響

啊　起自何處　神幻的樂音

長長的曲調　如髮　如囈

這樣令人昏弱　且

悽迷地　如雷震後之一瞬

來到落霧遲緩的海濱

一切都是偶然　偶然都能成為迴響

夜來臨時　便成為夢

所有的聲音　都是美好

在期待中迸發　如花開花落

在霧中

3. 觀海潮

一連串醒來的吶喊

吶喊著

於黃昏的落寞之邊陲中

攫不住閃光的音波

悲哀的　一如裝飾的眼淚

任其無聲滴落

海潮　傳自閩江口的

　　　痛苦的鄉音

4. 歌唱

痛苦以後　經過長長的

祭日　在磨坊中度過長長的杵聲

這些不相稱的碎片們

像夜的精靈　深深埋下眼淚

埋下一個鏗鏘的暮色

吶喊　是力的昇華

在未來的日子

這些　都成為歌唱

1959.07

秋

飄向我　秋葉

微濛如是

一張被硝煙所迷的

戰士的臉

沒有人關心到歸宿以外

我這樣躺著的時候

萋草覆蓋著

偶爾

陽光疊成數層的畫屏

我安心地躺著

把自己埋入一個

種籽的夢

如是

海島的秋　潮汐般

湧向我

1959.10.06

冬

聲音在我的喉中停留

要經過一道長長的迴廊

要穿過噴泉的風簾

而這時候　水珠從我手中滴落在玻璃窗

搖擺的橄欖葉也映上玻璃窗

重憶那些煮酒的日子

可愛的事情

像一條分嶺的河流

流過面頰　流過遺忘的村莊

而你是誰

你無端叫著我棲息的名字

且讓冬日漏入我案上的小瓶

1959.12.21

追　蹤

　　則你去了
或者在殿堂的前廊
再見你
你是白白的月

你是一尊古瓶
吸納足跡　吸納音響
你是一座碑石
依微塵　依落葉

你或許是一種色彩
或許是一段旋律
直到老去

逝去

或者在林內的草徑

再見你

你化為蝴蝶

雖然鐘聲落了

　　風的嘩聲四起

則你已去了

1960.01.15

蒼　鷺

在石碑的凝眸之中
陽光　就如
緩緩伸出的手

向晚　蒼鷺躍起
於水潭之旁
復投落於灰燼的星期三
　　　於雨後之秋景
　　　於杏林

在一個夜裡
我們看到燐火　又一個
夜裡　我們看到燐火

1960.09.12

淡水人喲

把樹葉嚼著

　想不到有那麼多的葉綠素

把詩也當樹葉似地嚼著

　想不到有那麼多的葉黃素

想不到　牙齒竟也蛀了　齲了

開向東方的窗子也這般

仰慕大屯山的一片

似雪融後的綠

在畫刊上也見過蒙古包

也聯想過　或許

想伴過蕭蕭的白楊

過了好幾個無露水的夜

焦灼當然

焦灼棺材味的

矮木板屋　嗨

高個兒的淡水人喲

夏日怯怯

直到秋的暮潮來到

秋的披肩　摺一角覆蓋

撕落的一片樹葉

覆蓋草履蟲

啊啊　披髮的煙囪
把我的骨骼當柴薪燒著
潮濕的空氣
在我的胸口喘動著

1960.09.14

語言文學類　PG0438

靈骨塔及其他

作　　者 / 李魁賢
責任編輯 / 黃姣潔
圖文排版 / 陳宛鈴
封面設計 / 陳佩蓉

發 行 人 / 宋政坤
法律顧問 / 毛國樑　律師
印製出版 / 秀威資訊科技股份有限公司
114台北市內湖區瑞光路76巷65號1樓
電話：+886-2-2796-3638　傳真：+886-2-2796-1377
http://www.showwe.com.tw
劃撥帳號 / 19563868　戶名：秀威資訊科技股份有限公司
讀者服務信箱：service@showwe.com.tw
展售門市 / 國家書店（松江門市）
104台北市中山區松江路209號1樓
電話：+886-2-2518-0207　傳真：+886-2-2518-0778
網路訂購 / 秀威網路書店：http://www.bodbooks.tw
國家網路書店：http://www.govbooks.com.tw
圖書經銷 / 紅螞蟻圖書有限公司
114台北市內湖區舊宗路二段121巷28、32號4樓
電話：+886-2-2795-3656　傳真：+886-2-2795-4100

2010年10月BOD一版
定價：180元

國家圖書館出版品預行編目

靈骨塔及其他 / 李魁賢著. -- 一版. -- 臺北市 :
秀威資訊科技, 2010.10
面； 公分. -- (語言文學類 ; PG0438)
BOD版
ISBN 978-986-221-600-2(平裝)

851.486 99016836

讀者回函卡

感謝您購買本書，為提升服務品質，請填妥以下資料，將讀者回函卡直接寄回或傳真本公司，收到您的寶貴意見後，我們會收藏記錄及檢討，謝謝！

如您需要了解本公司最新出版書目、購書優惠或企劃活動，歡迎您上網查詢或下載相關資料：http:// www.showwe.com.tw

您購買的書名：________________________________

出生日期：________年________月________日

學歷：□高中（含）以下　□大專　□研究所（含）以上

職業：□製造業　□金融業　□資訊業　□軍警　□傳播業　□自由業

□服務業　□公務員　□教職　□學生　□家管　□其它_____

購書地點：□網路書店　□實體書店　□書展　□郵購　□贈閱　□其他

您從何得知本書的消息？

□網路書店　□實體書店　□網路搜尋　□電子報　□書訊　□雜誌

□傳播媒體　□親友推薦　□網站推薦　□部落格　□其他__________

您對本書的評價：（請填代號　1.非常滿意　2.滿意　3.尚可　4.再改進）

封面設計____　版面編排____　內容____　文／譯筆____　價格____

讀完書後您覺得：

□很有收穫　□有收穫　□收穫不多　□沒收穫

對我們的建議：________________________________

____

____

____

請貼
郵票

11466
台北市內湖區瑞光路 76 巷 65 號 1 樓
秀威資訊科技股份有限公司 收
BOD 數位出版事業部

（請沿線對折寄回，謝謝！）

姓　　名：＿＿＿＿＿＿＿＿　年齡：＿＿＿＿　性別：□女　□男

郵遞區號：□□□□□

地　　址：＿＿＿＿＿＿＿＿＿＿＿＿＿＿＿＿

聯絡電話：(日) ＿＿＿＿＿＿＿＿ (夜) ＿＿＿＿＿＿＿＿

E-mail：＿＿＿＿＿＿＿＿＿＿＿＿＿＿＿＿